MELODIA DA MONTANHA

AMOR INESPERADO ENTRE AS ALTURAS

VESTA ROMERO

MELODIA DA MONTANHA

CAPÍTULO 1

As montanhas erguiam-se altas e imponentes, seus picos desaparecendo na névoa que se agarrava às suas encostas.

Aninhada no abraço áspero desses gigantes imóveis estava uma cabana solitária, um refúgio para um homem que se retirou de um mundo que lhe deixara o mais amargo dos sabores na boca.

Gable, um homem quebrado com o coração marcado pelo amor, buscava consolo no isolamento das montanhas.

Aos 40 anos, era alto e rudemente bonito contra o cenário montanhoso que se tornara seu lar.

Seu físico robusto, acentuado por bíceps salientes, falava de uma vida bem vivida no abraço das montanhas.

Cabelos claros e uma barba bem aparada emolduravam seu rosto castigado pelo tempo, acrescentando à aura de um homem profundamente conectado à natureza selvagem.

Na solidão da cabana, Gable encontrava consolo não apenas na vastidão silenciosa das montanhas, mas também na companhia dos livros.

Um leitor dedicado, ele se cercava de estantes de volumes bem usados, suas páginas cheias de histórias de terras distantes e aventuras que ele só sonhara.

Além de seu amor pela leitura, Gable tinha um lado artesanal e se deleitava em fazer móveis artesanais personalizados.

Seu gerente, que ocasionalmente fazia a jornada montanha acima para buscar as criações requintadas de Gable, maravilhava-se com a qualidade e o artesanato que refletiam o toque de um verdadeiro artista.

Apesar de sua aparência rude, as mãos de Gable eram habilidosas e precisas ao moldarem cada pedaço de madeira em obras de arte funcionais.

Sua autossuficiência se estendia além do domínio da marcenaria, abrangendo as necessidades da vida.

Ele raramente se aventurava na cidade abaixo, exceto para compras ocasionais de mantimentos, preferindo a simplicidade e a tranquilidade do retiro na montanha.

A vida de lenhador lhe caía bem, e a cabana, com seu calor e o aroma de madeira recém-cortada, tornou-se um refúgio onde suas paixões pela literatura e pelo artesanato se fundiam com o ritmo tranquilo da vida na montanha.

Como o rio era abundante em peixes, ele podia se entregar à sua paixão pela pesca.

Ele buscava consolo no farfalhar das folhas e nos chamados distantes de criaturas invisíveis, pois eram a única companhia que desejava.

A cabana, com seu exterior desgastado que carregava as marcas dos anos passados e sua estrutura robusta que resistia aos ventos severos da montanha, parecia refletir o profundo sentimento de solidão e desespero que vivia dentro de seu coração.

O amor o havia decepcionado, levando-o a virar as costas para ele e se isolar para se proteger de qualquer possível mágoa.

Embora quase quatro anos tivessem se passado, as emoções ainda estavam à flor da pele. Sim, ele estava melhor sozinho.

Numa tarde tempestuosa, enquanto as montanhas estavam envoltas em nuvens escuras e a chuva açoitava as janelas da cabana, o som distante de um rotor de helicóptero cortou o silêncio.

Gable franziu a testa com a intrusão, irritado pela perturbação em sua solidão cuidadosamente cultivada.

Ele estava curioso para saber quem diabos era o piloto, voando em um clima tão imprevisível.

Poderia ser um daqueles incômodos veículos aéreos não tripulados, comumente conhecidos como drones, que estabeleceram seu domínio em todo o mundo.

Eles parecem ficar cada vez maiores, mas à medida que se aproximava, ele sabia que era grande demais para ser um.

Idiota!

CAPÍTULO 2

Amelia pilotava seu helicóptero de um pequeno aeródromo, um dia comum com céu limpo e um voo de rotina.

Infelizmente, o tempo tinha outros planos e deu uma guinada inesperada.

O céu antes calmo sofreu uma transformação dramática, passando da tranquilidade para uma intensa agitação, enquanto o horizonte outrora convidativo agora se transformava numa barreira ameaçadora de nuvens escuras.

A chegada da tempestade foi rápida e implacável, forçando-a a alterar seu curso.

À medida que a visibilidade diminuía a ponto de quase inexistir, o rádio crepitava incessantemente com avisos urgentes do controle de tráfego aéreo.

— É, obrigada, eu sei disso, porra! — ela gritou para o rádio, sua voz áspera e mais alta como se estivesse falando com os deuses que sem dúvida estavam rindo de sua situação.

Amelia, sem outras opções à vista, corajosamente navegou através do tempo tumultuado, seu único propósito sendo encontrar um refúgio.

No auge da tempestade, com o helicóptero sendo jogado de um lado para o outro como uma folha ao vento, Amelia avistou um fraco brilho de luz abaixo.

A cabana aninhada entre as montanhas tornou-se um farol de esperança na vasta escuridão.

Embora fosse um risco, ela desceu, rezando para que alguém pudesse estar lá para ajudar.

Enquanto manobrava o helicóptero em direção ao seu objetivo, ela rezava fervorosamente para não compartilhar o mesmo destino de sua homônima, perdida para o mundo na busca de seus próprios sonhos.

O nome Amelia, um legado de uma mãe que lhe incutira o amor pela liberdade sem limites dos céus, agora a envolvia em pavor.

Ela não queria que seu mundo terminasse na tenra idade de 32 anos. Tinha muito mais vida pela frente.

Quando o helicóptero desceu, fez um leve solavanco ao entrar em contato com o terreno irregular da propriedade de Gable.

As pás giratórias gradualmente diminuíram, deixando para trás um silêncio ecoante que amplificava as batidas do coração de Amelia.

Através da janela da cabine, ela observou os arredores. Era uma paisagem acidentada que parecia aconchegar a cabana de Gable com calor e isolamento.

Enquanto o sabor metálico do helicóptero se fundia com o cheiro de terra úmida, uma onda de alívio a invadiu.

A tempestade a forçara a um desvio inesperado, e a perspectiva de um pouso seguro era uma realidade reconfortante.

Embora houvesse uma sensação de alívio, ela era acompanhada por um notável sentimento de apreensão.

Havia sempre a possibilidade de um assassino com machado estar à espreita, pelo que ela sabia.

A estranheza da região montanhosa selvagem e o homem enigmático esperando lá embaixo provocaram um estremecimento de nervos dentro dela.

Seu olhar demorou-se na cabana, sua silhueta emergindo da névoa, uma figura solitária contra o pano de fundo do tumulto da natureza.

Naquele momento de quietude, a mistura de emoções dentro de Amelia permaneceu não dita enquanto ela se preparava para adentrar o desconhecido.

A luz da cabana, piscando na tempestade, oferecia uma aparência de calor contra o cenário severo da natureza selvagem.

Todo o resto estava preenchido por uma escuridão impenetrável, e o frio gélido do clima brutal espelhava perfeitamente a impressão inicial que Gable lhe dera.

Ela saiu do helicóptero enquanto o vento uivava ao seu redor e se dirigiu à cabana.

O coração de Amelia batia forte não apenas pela adrenalina do pouso de emergência, mas também pela incerteza do que estava por vir.

Ela não sabia o que havia dentro daquelas paredes desgastadas. Certamente não era um homem que se isolara do mundo prestes a colidir com a força de sua vivacidade.

O homem rude e bruto, como ela inicialmente percebera Gable, parecia tão inóspito quanto a tempestade que a trouxera até ali.

No entanto, o vislumbre de calor que ela viu atrás dele na janela da cabana a encorajou a seguir em frente.

A aventura de Amelia em território desconhecido continuava, e o choque de seus mundos se tornaria um momento decisivo para Gable e para ela mesma.

CAPÍTULO 3

Trazida à porta de Gable pela tempestade, Amelia saiu do helicóptero com as pernas trêmulas e foi recebida por um olhar dele que combinava irritação e curiosidade.

A tensão do encontro inesperado foi intensificada pelo vento uivante que os cercava.

— O que você está fazendo aqui?

Amelia, imperturbável com a pergunta direta, lançou-lhe um sorriso brincalhão.

— Prazer em conhecê-lo também. Estou aqui porque o tempo decidiu brincar um pouco. E adivinha? Ele venceu.

Por que ela tinha reagido assim a ele?

Sua tentativa de sarcasmo não impressionou Gable, evidente pelo aprofundamento de sua carranca.

— Quanto tempo você pretende ficar?

Numa impressionante demonstração de raciocínio

rápido, ela respondeu com um toque de sarcasmo na voz, sem perder o ritmo.

— Bem, isso depende do tempo, a menos que você queira que eu congele até a morte na selva. Ouvi dizer que está na moda ultimamente.

Sua irritação foi recebida com um sorriso malicioso de Amelia, que parecia se divertir transformando a situação em uma provocação.

Ela tinha recuperado sua coragem agora que estava em terra firme.

Gable desejava que o tempo melhorasse o mais rápido possível.

No entanto, sua irritação diminuiu quando pousou os olhos em Amelia. Seus olhos brilhavam com uma confiança vivaz, e um sorriso radiante iluminava seus lábios.

Ela era cheinha, com quadris largos, curvas femininas que contrastavam com o ambiente rústico de Gable.

Ele sentiu uma mudança dentro de si ao observá-la e, apesar de sua relutância inicial, consentiu a contragosto que ela ficasse em sua cabana até o tempo melhorar.

Seu pau, para sua maior irritação, a recebeu com entusiasmo enquanto ele sentia um desejo poderoso que pensava ter desaparecido para sempre.

Em meio à tempestade furiosa lá fora, as paredes da cabana tremiam com o som reverberante do trovão, aumentando a atmosfera sinistra.

Assim que Amelia entrou, o choque entre seu espírito vivaz e o temperamento sombrio de Gable tornou-se palpável, surpreendendo a ambos.

Sem que ela soubesse, sua mera presença acendeu um calor nos cantos mais frios do coração dele, derretendo as camadas de dor e revelando a gentileza que permanecera adormecida por tanto tempo.

A única coisa que Amelia não sentia mais depois de sua provação era medo. O fato de o gentil gigante viver sozinho não a intimidava nem assustava.

A cabana de Gable passou por uma transformação quando Amelia chegou e infundiu o espaço com sua energia contagiante, servindo como um contraste gritante com o ambiente geralmente melancólico que se tornara o humor predominante de Gable.

Com entusiasmo e olhos arregalados, ela se moveu pela cabana e examinou o ambiente pitoresco.

A pura variedade de livros que ele gostava de ler a deixou completamente maravilhada, já que cada canto e recanto estava repleto de livros.

Faz sentido. O que mais ele faria sozinho?

— Nossa, este lugar é como algo saído de um conto de fadas! Você tem, tipo, um urso residente ou uma passagem secreta escondida em algum lugar?

Gable, que estava lendo silenciosamente perto da lareira, olhou para cima com uma sobrancelha erguida, desacostumado com uma companhia tão animada.

— É apenas uma cabana nas montanhas. Sem passagens secretas, sem ursos residentes. Apenas eu e o silêncio.

Isso deve calá-la!

Amelia permaneceu inabalada por sua resposta brusca. Na verdade, isso pode tê-la estimulado e ela se acomodou despreocupadamente em um sofá desgastado, seu rosto iluminando-se com um sorriso brincalhão enquanto absorvia o ambiente.

Ele não tinha mostrado o lugar a ela nem nada, mas ela estava determinada a fazê-lo falar.

Ela tinha uma forte aversão ao silêncio, especialmente quando percebeu que não havia televisão à vista. Como este homem sobrevivia sozinho lá em cima?

— Silêncio? Não, não podemos ter isso. Qual é a sua história? Você vive aqui em cima sozinho, ruminando nas montanhas?

Gable suspirou, percebendo que sua solidão estava prestes a ser interrompida por essa intrusa vivaz.

— Eu prefiro o silêncio. Faz tempo que não tenho companhia, e gosto assim.

Contra seu bom senso, Amelia não resistiu à vontade de continuar sondando, alimentada por sua curiosidade insaciável.

— Um recluso, hein? Aposto que tem mais nessa

história. Vamos lá, desembucha! O que aconteceu que fez você correr para cá e se esconder do mundo?

Enquanto Amelia continuava a bombardeá-lo com suas perguntas incessantes, a irritação de Gable crescia porque ele sentia seu espaço pessoal sendo invadido.

Tenho certeza de que se eu lhe desse um beijo, seria um método eficaz para silenciá-la.

Seus pensamentos estavam consumidos pelo desejo de pressionar seus lábios contra aquelas curvas macias e cheias. Concentrar-se em suas palavras exigia um intenso esforço mental.

— Por que não nos concentramos em sobreviver à tempestade, e você pode deixar a psicanálise para outra hora?

Amelia, no entanto, não era alguém que se desencorajava facilmente. Ela se inclinou mais perto, imperturbável com seu comportamento frio.

— Sobreviver à tempestade é fácil. Sobreviver à solidão? Esse é o verdadeiro desafio. Sorte sua que eu sou especialista em derrubar muros!

Por que ela estava determinada a quebrar a armadura deste sexy homem das montanhas?

Ah, você sabe por quê.

Gable esboçou um pequeno sorriso, um lampejo de diversão rompendo seu exterior estoico.

Fazia tanto tempo que alguém desafiava suas barreiras auto-impostas.

A cabana de repente se encheu de um calor inesperado, enquanto a solidão guardada de Gable colidia com o entusiasmo inabalável de Amelia pela vida.

Ele suspirou internamente porque não tinha escolha a não ser interagir com ela. No fundo, ele sentiu uma emocionante onda de excitação.

A tempestade lá fora não era nada comparada à tempestade que rugia em sua mente.

CAPÍTULO 4

Gable, ouvindo o crepitar do fogo que diminuía, levantou-se relutantemente de sua cadeira para buscar mais lenha.

Ele aproveitou a oportunidade para organizar seus pensamentos em paz por alguns minutos. Além disso, o ar frio poderia aliviar o estado rígido de seu membro.

Amelia, sendo a alma curiosa que era, não resistiu em segui-lo. Ela observou enquanto ele pegava um casaco desgastado e se dirigia à porta.

— Posso me juntar a você? Eu poderia usar um pouco de ar fresco da montanha.

Droga de mulher! Ela era impossível.

Gable olhou para ela e assentiu silenciosamente, permitindo que ela o acompanhasse ao ar livre gelado.

O ar estava carregado com o cheiro de pinheiros encharcados pela chuva, e a dupla se aventurou nos bosques que cercavam a cabana. Amelia observou suas passadas fortes e confiantes enquanto ele liderava o caminho.

Enquanto os músculos de Gable flexionavam e relaxavam sob sua jaqueta justa a cada balançar do machado, Amelia se viu hipnotizada pelo movimento rítmico.

A cada golpe do machado, ela podia sentir a intensidade e a força emanando dele, mas sabia que havia uma vulnerabilidade que pairava sob a superfície.

Ela quebrou o silêncio com uma risada abrupta e repentina.

— Você tem um balanço e tanto aí, Gable. Já pensou em participar de uma competição de lenhadores?

Um leve sorriso surgiu nos cantos dos lábios de Gable enquanto ele continuava sua tarefa. As palavras lisonjeiras dela o encheram de orgulho.

— Não é a minha praia. Só estou tentando me manter aquecido — disse ele com aspereza.

Amelia tagarelava sobre nada enquanto continuava sua tentativa de derrubar as paredes ao redor. Enquanto recolhiam a madeira, foram repentinamente surpreendidos por um leve ruído de farfalhar.

Os olhos de Amelia se arregalaram quando um pequeno cervo ferido se aproximou, seus olhos refletindo medo. Ela teria ficado assustada, mas a fofura deste animal, com seus olhos de corça e pernas longas, derreteu seu medo.

Além disso, estar na companhia de Gable a fazia sentir como se tivesse seu próprio guarda-costas pessoal.

— Oh, olhe para este pequenino. Parece que se separou da mãe durante a tempestade.

Gable se aproximou gentilmente da criatura assustada, seus passos mal fazendo barulho. Ao examinar cuidadosamente sua pata, ele notou uma pequena armadilha que parecia causar o ferimento.

Gable confiante alcançou seu bolso, pegando uma pequena faca, e cuidadosamente libertou a armadilha.

— Deve ter sido pego na tempestade, coitadinho.

Amelia observou maravilhada enquanto Gable cuidava do animal ferido com uma ternura que contradizia seu exterior rude. Uma vez libertado, o pequeno cervo hesitou por um momento antes de disparar para o bosque, para se reunir com sua mãe.

— Você tem um coração enorme, Gable. Eu nunca teria adivinhado. Agora, só precisamos descobrir mais dele — ela disse com uma risada maliciosa.

Gable, com um raro brilho de calor nos olhos, simplesmente assentiu. A presença desta companheira inesperada causou uma cascata de emoções a se desenrolar, começando com um simples reconhecimento silencioso.

Que Deus me ajude.

CAPÍTULO 5

*E*les retornaram à cabana, os braços carregados de pilhas de lenha, sua respiração formando nuvens de vapor no ar gelado.

No momento em que entraram, o abraço aconchegante das brasas moribundas na lareira os recebeu, seu brilho tremeluzente iluminando o cômodo.

O frio do exterior havia penetrado nos ossos de Amelia, fazendo-a tremer incessantemente, para sua frustração.

Ela sentia o frio cortante contra sua pele; seus mamilos eretos eram claramente visíveis através de suas roupas inadequadas.

Gable notou seu desconforto e arqueou uma sobrancelha.

Ele percebeu de repente que ela não estava exatamente vestida para o frio intenso, mas havia ficado fascinado demais pelos seios voluptuosos que ameaçavam transbordar de seu suéter.

— Você está congelando e seus dentes estão batendo. Vá se sentar perto do fogo e eu vou pegar um cobertor para você.

Amelia assentiu em concordância, seu coração cheio de gratidão, enquanto se acomodava perto da lareira convidativa.

Gable desapareceu em um canto da cabana, vasculhando uma pilha de cobertores. Ele voltou com uma manta grossa de lã e a colocou sobre os ombros dela.

— Isso deve ajudar — sua voz era gentil enquanto a envolvia.

Amelia conseguiu esboçar um pequeno sorriso, sua gratidão evidente em seus olhos. No entanto, os tremores persistiam, e Gable hesitou por um momento antes de tomar uma decisão.

— Aqui, chegue para lá.

Ele se juntou a ela perto da lareira, puxando o cobertor ao redor de ambos. O calor os envolveu, criando um casulo contra a noite fria.

Gable podia sentir a tensão no corpo trêmulo de Amelia, e instintivamente colocou um braço ao seu redor, oferecendo conforto.

Os olhos de Amelia cintilaram de surpresa quando ela olhou para ele, sua expressão rapidamente se transformando em uma de profunda apreciação.

— Obrigada... por tudo — ela sussurrou enquanto olhava em seus olhos castanhos pensativos.

Gable sentiu-se sendo atraído para a ternura do momento, como se estivesse sendo puxado para um abraço suave e reconfortante.

— É só um cobertor.

Amelia, no entanto, balançou a cabeça, com um toque de emoção em seus olhos.

— Não, é mais do que isso. Eu estava apavorada lá fora na tempestade. Se não fosse por você estar aqui, não sei o que teria acontecido.

Enquanto ela falava, uma lágrima escapou, brilhando à luz do fogo. Quando Gable vislumbrou o verdadeiro eu de Amelia, que ela vinha disfarçando com uma fachada polida, ele foi tomado por uma onda de emoções e a abraçou firmemente.

Rodeados pelos sons do fogo crepitante e da tempestade lá fora, Gable e Amelia, um vínculo profundo surgiu no espaço íntimo sob o cobertor.

A vulnerabilidade que Amelia havia revelado abriu uma porta para Gable, permitindo-lhe ver além da casca dura que ela apresentava ao mundo.

Eram duas almas quebradas que encontraram consolo na companhia uma da outra. Ele ouviu a história dela enquanto observavam o fogo.

O coração de Amelia também havia sofrido um golpe sete anos atrás no departamento do amor.

Ela achava que tinha algo para sempre com alguém, mas a vida tinha outros planos. O término a atingiu duramente, e parecia que seu coração havia passado por um liquidificador.

No entanto, ao invés de deixar que isso destruísse sua alegria, ela virou o jogo.

Amelia não ia deixar que um capítulo ruim arruinasse todo o seu livro. Ela ainda acreditava no amor, mesmo que ele a tivesse enganado antes.

Sua risada, ela declarou, tornou-se um emblema de honra, uma espécie de vibração de "Passei por maus bocados, mas olha só para mim agora!"

Seu coração, embora um pouco machucado, estava aberto e esperançoso, pronto para um novo capítulo que não incluísse dramas de partir o coração.

Uma alma corajosa. Diferente de mim.

Conforme a noite avançava, a tempestade lá fora continuava sua sinfonia de vento e chuva, mas dentro da cabana, Gable e Amelia descobriram um refúgio tranquilo nos braços um do outro.

O olhar de Gable encontrou o de Amelia, e nessa conexão, ele sentiu suas defesas desmoronarem mais rápido que as chamas crepitantes diante deles. Que diabos estava acontecendo com ele?

Seu coração, antes envolto na fria desolação de seu passado, agora batia com um vigor renovado.

A presença de Amelia, sua risada e os momentos

gentis que haviam compartilhado tornaram-se o antídoto para sua solidão.

A amargura do desgosto que o havia levado ao isolamento parecia uma memória distante, desvanecendo como pegadas na neve derretida.

O vento lá fora soava como um lobo solitário chamando por seus parentes, mas dentro das paredes de madeira, o fogo crepitava com vida própria, envolvendo Gable e Amelia em seu brilho quente e tremeluzente que tornava o espaço íntimo.

Estavam enrolados juntos sob um velho cobertor de retalhos, uma barreira contra o frio que não podia penetrar o calor que irradiava de seus corpos entrelaçados.

— Você está aquecida o suficiente? — A voz de Gable era um ronronar baixo, vibrando através das camadas de lã e algodão que os envolviam.

— Nunca estive melhor — respondeu Amelia, sua respiração uma carícia leve como uma pena contra o pescoço dele.

Ela se aconchegou mais perto, se é que isso era possível, as curvas suaves de seu corpo pressionando-se contra as linhas duras do dele.

Gable virou a cabeça com um leve movimento para encontrar o olhar dela. Seus olhos se fixaram e os únicos sons eram o estalar das toras na lareira e o ritmo constante de suas respirações.

O coração de Amelia batia como um pássaro preso contra sua caixa torácica. Seus pensamentos rodopiavam como os flocos de neve que ela imaginava girando na escuridão lá fora.

"Ele me olha como se eu fosse o próprio ar que ele respira e eu gosto disso", ela refletiu, seu peito apertando com uma deliciosa antecipação.

Ambos sabiam e desejavam o que estava prestes a acontecer, seus olhos travados em um acordo silencioso.

— Seus olhos — murmurou Gable, seu polegar traçando a linha do queixo dela — são como o céu logo após uma tempestade, cheios de segredos e promessas. — Ele estava atônito com seu próprio ímpeto, pois era um homem de poucas palavras.

— Promessas? — Sua voz era quase inaudível, uma mistura de curiosidade e anseio entrelaçada na única palavra. Esta era a mesma pessoa que a queria longe. Agora, ali estavam eles.

— Promessas de coisas não ditas, mas sentidas. — Suas palavras pairaram entre eles, carregadas de significado.

Ela inclinou-se para o toque dele, o calor de sua pele penetrando na dela, preenchendo-a com um anseio que ia além do físico.

A atmosfera carregada zumbia ao redor deles e os aproximava ainda mais.

— Mostre-me — ela sussurrou, seus lábios se entreabriram em um convite silencioso.

Não era hora de ser sutil. Ela o desejava desde o primeiro momento em que pousou os olhos nele.

CAPÍTULO 6

— Amelia — Gable sussurrou, sua voz carregada de desejo —, eu pretendo.

Seu toque era feroz e possessivo, marcando a pele dela com o calor.

Eles estavam prestes a serem consumidos pelas chamas de seu desejo mútuo.

Os dedos ásperos de Gable hesitaram na borda dos lábios de Amelia antes que ele se inclinasse, como um predador lento e deliberado reivindicando sua presa há muito aguardada.

Suas bocas se encontraram em uma união ardente, o anseio reprimido explodindo em um beijo incandescente.

— Deus, você tem o gosto de todos os pecados que eu sempre quis cometer — Gable rosnou contra a boca dela, o calor de sua respiração misturando-se com a mistura intoxicante de desejo.

Seus lábios se moviam com propósito, traçando provocativamente os contornos dos dela, cada toque enviando arrepios por sua espinha.

O ar crepitava com a atração magnética entre eles, e enquanto suas línguas dançavam, um ritmo sedutor se desenrolava, atiçando as chamas ainda mais alto e acendendo um inferno apaixonado que consumia cada inibição restante.

A única coisa que importava era a sensação dos lábios dele nos dela, uma exploração tentadora de prazeres proibidos que os deixava sem fôlego e ansiando por mais.

O beijo roubou seu fôlego, e um suspiro escapou. Seu corpo respondeu com uma necessidade feroz e imediata enquanto a sensação invadia sua mente.

A textura áspera de sua barba contrastava com a maciez de seus lábios.

Inspirando profundamente, ela ficou sem palavras com o aroma sedutor de pinho e o calor masculino animalesco que emanava dele, lançando um feitiço que ela não tinha desejo de quebrar.

A umidade entre suas coxas era tanto uma resposta à sua pergunta não formulada quanto um convite para mais.

Era um apelo silencioso gravado no calor escorregadio de sua excitação.

— Amelia — ele murmurou, sua voz um ronco baixo —, quero sentir todo o seu corpo.

Sua resposta foi um gemido, quase inaudível, mas

que reverberou através dele como um chamado estridente.

Afastando-se o suficiente para olhar em seus olhos, Gable traçou a forma de seu desejo, sua mão deslizando por baixo do cobertor, passando pela barreira de suas roupas.

Ela tremeu quando os dedos dele encontraram sua umidade, a evidência clara de sua necessidade tornando sua própria excitação uma dureza dolorosa.

— É isso que você quer? — ele provocou, circulando o botão sensível com uma precisão quase clínica que disfarçava o selvagem bater de seu próprio coração.

Com um suave suspiro, ela murmurou "mais", seu corpo tremendo em antecipação. — Por favor, Gable.

Cada movimento circular enviava ondas de prazer através dela, cada uma uma promessa do êxtase que se equilibrava no horizonte.

A lareira crepitante emitia um calor suave, mas não podia se comparar ao inferno escaldante que ele estava acendendo dentro dela, uma chama que parecia capaz de engolfar ambos.

— Me diga como se sente — ele exigiu, um sussurro de comando entrelaçado com luxúria inegável.

Ele era um genuíno homem da montanha, reivindicando seu território no terreno acidentado.

— É como... como estar viva — Amelia conseguiu dizer, seu mundo interior se estreitando para a tortura requintada dos dedos dele dançando sobre sua carne.

Cada toque era uma melodia de seu anseio, e ele era um mestre porque a tocava como uma flauta.

— Muito bom — ele exalou, a vibração de sua satisfação misturando-se com o som dos gemidos abafados dela.

Sua exploração das dobras dela tornou-se mais ousada, mais insistente, como se ele buscasse extrair a própria essência do prazer dela e reivindicá-la como sua.

O corpo dela respondeu em espécie, uma onda de antecipação quebrando contra as margens da contenção.

Ela sentiu seu corpo traindo-a enquanto cedia à invasão bem-vinda, não apenas dele, mas também de sua mente.

Seus dedos dos pés se curvaram involuntariamente enquanto ela se rendia a ele, incapaz de resistir ao desejo avassalador.

— Por favor, não pare — ela implorou, sua voz quebrando com a intensidade do que estava se construindo dentro dela.

— Nunca — ele jurou, cada palavra pontuada pelo ritmo constante que ele mantinha. Suas ações eram uma conversa silenciosa entre amantes fluentes na linguagem do toque.

Enquanto o fogo dentro dela se enrolava mais apertado, pronto para irromper em uma torrente de liberação, Amelia soube agudamente que ali, com Gable, era onde ela deveria estar.

Na reclusão da cabana da montanha, envolta em um casulo de paixão, não havia mundo além da união fervorosa de seus corpos e almas.

— Preciso de você agora — Gable rosnou, a urgência em sua voz tão crua quanto o arranhar da barba por fazer contra a pele dela.

Suas mãos, grandes e dominadoras, circundaram a cintura de Amelia, puxando-a para cima dele com uma insistência primordial.

A respiração de Amelia ficou presa em sua garganta enquanto ela lutava por ar, seu corpo uma chama aberta lambida pelos ventos de sua fome compartilhada.

— Sim, por favor — ela respondeu, sua voz um sussurro rouco que ecoava o bater de seu coração.

O quarto estava denso com o almíscar de sua excitação, o cobertor de lã sob eles áspero contra suas costas enquanto ela se posicionava sobre ele, guiada por sua atração magnética.

O aperto de Gable se intensificou em seus quadris, guiando-a para baixo enquanto ele avançava para cima, os dois movimentos colidindo como ondas trovejantes contra um penhasco.

Ela gritou, um som que misturava dor com prazer enquanto ele a preenchia completamente.

Não houve preâmbulo gentil, nem carícias suaves ou palavras de carinho sussurradas, apenas a união frenética de corpos impulsionados por uma luxúria elementar.

— Mais forte — ela exigiu, as unhas cravadas nos ombros dele, ansiando pela doce agonia que a levaria ao êxtase.

Cada estocada satisfazia um desejo, e cada retirada era um tormento que implorava por resolução.

Gable obedeceu sem hesitação, suas investidas tornando-se mais fortes e primitivas.

O sofá rangia sob eles enquanto se moviam em uníssono, perdidos em seus próprios desejos insaciáveis.

O suor brilhava em suas peles enquanto cavalgavam juntos as ondas do êxtase, cada um empurrando o outro cada vez mais alto até que ambos estivessem à beira do clímax.

— Amelia — ele ofegou, sua voz soando tensa. — Você é incrível.

Sua única resposta foi acelerar o ritmo, perseguindo o orgasmo que cintilava logo além do alcance.

Seus pensamentos eram um turbilhão de caos, impossível de desembaraçar.

O calor do corpo dele, a força de suas mãos, o impulso implacável de seu desejo. Tudo parecia projetado para fazê-la perder a cabeça.

O pau dele estava enterrado até o fundo, sua boceta estava esticada ao limite, ainda assim ela se esfregava contra ele.

Sua boceta parecia ter vida própria enquanto engolia o pau rígido e grosso dele com gosto.

Seus seios fartos balançavam diante dos olhos dele

enquanto ela o cavalgava como uma jovem corça depois que ele desabotoou seu sutiã.

Ele observava, hipnotizado, os mamilos rígidos e aréolas que o chamavam.

Inclinando-se ligeiramente para frente, ele pegou um em sua boca, tentando em vão colocar o seio inteiro na boca.

Ele lambeu e chupou com fervor como uma criança com seu sorvete favorito antes de começar com o outro.

Suas mãos serpentearam para agarrar e amassar as nádegas rechonchudas dela, levantando-a com pouco esforço antes de trazê-la de volta à profundidade de seu membro, maravilhando-se com os sons que os lábios de sua boceta faziam ao bater contra suas bolas enquanto seus fluidos se misturavam.

Ele sentiu as paredes internas dela se contraírem enquanto sua xaninha engolia sua vara persistente.

À medida que seus movimentos se tornavam mais desesperados, a cabana parecia encolher ao redor deles, as próprias paredes vibrando com a força de sua união.

Finalmente, depois do que pareceu uma eternidade, a voz de Gable ordenou entre dentes cerrados, rangendo-os: — Deixe-se ir — suas mãos apertando firmemente os quadris dela enquanto ele empurrava para cima.

Amelia não precisava de mais encorajamento. Com um último e forte empurrão de Gable e um gemido desinibido escapando de seus lábios, ela se estilhaçou em uma miríade de fragmentos.

Seu corpo convulsionou nos braços dele enquanto ela atingia o ápice, cada terminação nervosa pulsando de prazer até que não restasse nada além de pura felicidade.

Gable a seguiu de perto, seu próprio êxtase rasgando através dele como um incêndio selvagem.

Ele soltou um rugido gutural ao encontrar o alívio no abraço de Amelia, e despejou sua porra quente bem fundo na boceta dela com um rosnado de pura satisfação.

Eles desabaram juntos, peitos arfando, o frenesi de sua transa dando lugar a uma satisfação profunda. As brasas do desejo, no entanto, ainda ardiam quentes. Eles ainda não estavam prontos para serem extintas.

— Deixe-me te provar — disse Gable depois de um momento, sua voz grossa com os resquícios de seus esforços anteriores. Ele ainda não tinha terminado.

Ele se moveu, deitando-a gentilmente no sofá antes de traçar beijos ao longo da parte interna da coxa dela, reacendendo o fogo que mal havia diminuído.

— Meu Deus, sim — ela suspirou, a antecipação enrolando-se dentro dela mais uma vez. A boca dele encontrou sua boceta molhada e começou uma exploração lenta e deliberada que contrastava com o fervor anterior, os dedos de Amelia emaranhados em seu cabelo, mantendo-o perto.

A atenção meticulosa que ele dedicava ao prazer dela era um tormento requintado.

Seus polegares grossos e ásperos separaram os pelos pretos e crespos, e ele deliberadamente os manteve abertos para ter uma boa visão dos encantos escondidos que jaziam logo abaixo de seu clitóris inchado.

Seus polegares esfregavam do lado de fora com intensidade alternada enquanto ele lambia os lábios maliciosamente em antecipação.

Então, seu polegar e indicador esquerdos cercaram o botão intumescido e apertaram, deleitando-se com os gemidos que escapavam dos lábios dela enquanto ela se entregava à sensação.

Com os olhos nunca deixando o rosto dela, ele enfiou um, depois dois, depois três dedos.

— Mais — ela gritou enquanto se contorcia contra ele. Ele a atendeu adicionando um quarto dedo. Ela estava ansiosa para engolir sua mão. Ele não ficou surpreso, pois estava orgulhoso de sua arma cuja circunferência era considerável e havia esticado os lábios da boceta dela bem separados.

Isso continuou por um tempo até que ele não pôde esperar mais, pois estava enlouquecido de desejo. Ele se retirou dela com um sibilo e rapidamente selou seus lábios na boceta pingando.

Sua língua sondou mais fundo como uma minhoca cavando o chão e ele teve que segurá-la com o braço através da parte de trás das coxas para impedi-la de se arquear sob ele.

A língua escorregadia e os lábios escreviam promessas através de sua boceta carnuda, arrancando gemidos e gritos do fundo de sua garganta.

A sensação crua de sua barba enquanto ele cuidava de seu monte trouxe arrepios que nada tinham a ver com a temperatura.

Ela gritou de êxtase enquanto a língua, os dedos e os lábios dele a devoravam, abrindo as pernas ainda mais para expor seu núcleo mais íntimo.

— Gable... — ela sussurrou, a palavra uma benção, uma súplica, uma rendição.

Ela o alcançou, sua mão envolvendo o pau dele, ainda escorregadio com a evidência da foda anterior.

Ele gemeu ao toque dela; o som vibrando contra sua pele sensível e ele se moveu até que seu pau estivesse posicionado na boca dela.

Seus lábios envolveram o pênis dele, provocando com os mesmos movimentos que ele fazia nela antes de mergulhá-lo em sua garganta.

Juntos, eles se moviam em uma dança de dar e receber, um ritmo lânguido que lhes permitia saborear cada sensação, cada tremor de deleite.

— Mais, mais, mais — ela insistiu, seu polegar circulando a cabeça da ereção dele, incitando o desejo que fervilhava entre eles.

— Qualquer coisa — ele jurou, sua língua e lábios afirmando a promessa, levando-a cada vez mais perto de outro precipício.

Dessa vez, quando eles caíram, foi com uma intensidade silenciosa que os deixou sem fôlego, exaustos e completamente satisfeitos.

Amelia estava entrelaçada com Gable, as vigas da cabana rangendo como um suspiro satisfeito ao redor deles.

O fogo havia se reduzido a brasas e lançava um brilho intenso. O peito dele subia e descia com um ritmo constante sob sua bochecha, seu batimento cardíaco um tambor reconfortante em seu ouvido.

— Fique — ela murmurou, sua voz entrelaçada com os resquícios de paixão e contentamento sonolento.

— Para sempre, se eu pudesse — Gable respondeu, suas palavras um suave ronronar que vibrava através dela.

Ela sorriu contra a pele dele, deixando seus dedos brincarem preguiçosamente ao longo de seu pau semi-ereto.

Era um gesto íntimo, que falava tanto de afeto quanto de desejo.

O toque era distraído, mas repleto do conhecimento do prazer que haviam dado um ao outro, uma memória tátil do êxtase compartilhado.

Sua mão acariciava as costas dela em círculos lentos, como se para ancorá-los naquele momento de paz.

Ela se deleitava com a sensação, o calor do toque dele penetrando em seus músculos, pesados de satisfação.

Sua mente vagava, traçando o caminho de sua união

frenética, como haviam se devorado com uma fome tão afiada quanto o ar da montanha lá fora.

— Eu... — a voz de Gable hesitou.

— Tudo... foi... — os pensamentos de Amelia eram como xarope grosso, doce e lento, muito embaraçados para articular a perfeição de sua união.

— Bom — ele completou por ela com um sorriso, entendendo sem necessidade de mais palavras.

— Mais que isso — ela sussurrou, pressionando um beijo na clavícula dele, sentindo o gosto de sal e homem em sua língua.

Suas pálpebras ficaram pesadas, tremulando como asas de mariposa contra a luz. Sua carícia tornou-se mais terna, menos intencional, até que sua mão apenas repousou sobre ele, um juramento silencioso de conexão.

A respiração de Gable suavizou, acompanhando a descida dela para o sono, seus próprios olhos se fechando com o peso da satisfação.

No espaço entre o sono e a vigília, os pensamentos de Amelia vagaram.

Ela considerou a intensidade de seu amor, a vulnerabilidade que compartilharam e como isso parecia a coisa mais natural do mundo.

Ali, envolta no cobertor, no êxtase de sua paixão, não havia espaço para dúvidas ou medo.

Havia apenas a certeza do sexo cru que acabara de acontecer.

A voz de Gable, suave como a brisa da montanha,

sussurrou: — Durma, minha garota selvagem da montanha — enquanto seus lábios roçavam delicadamente a testa dela.

— Sua garota selvagem da montanha — ela repetiu com um suspiro satisfeito, permitindo que a escuridão finalmente a reclamasse.

Sua mão permaneceu no membro semi-ereto dele, mesmo quando o sono a dominou, uma presença suave que prometia mais. Mais do quê, ela não tinha certeza.

No silêncio da cabana, os dois corações batiam como um só, e Amelia mergulhou em sonhos embalada pela memória de sua luxúria desenfreada.

Depois, no silêncio daquela cabana na montanha, enquanto observava Amelia ressonar suavemente ao seu lado, ele percebeu que nunca compreenderia como o coração funcionava.

As nuvens de tempestade se dissiparam, para sua decepção, e ele contemplou o céu limpo, pensando com esperança otimista que um novo capítulo estava prestes a começar para ele e Amelia.

As montanhas que antes testemunhavam seu isolamento, agora testemunhavam o despertar de um homem que ousara sentir novamente.

O destino, com um toque de sorte climática, havia iniciado sua cura da desolação auto-imposta que antes definia sua existência.

CAPÍTULO 7

Ao despertar, Amelia pôde ver o sol da manhã brilhando através das nuvens de tempestade que se dissipavam, trazendo uma sensação de calma após a tormenta.

A fúria da mãe natureza havia passado. Em seu lugar, um tom dourado cobria a paisagem do lado de fora da cabana.

Ela também havia sido despertada pelo aroma do café sendo preparado. Hesitou em abrir os olhos, desejando desesperadamente que a noite anterior não tivesse acabado.

Seu olhar pela janela revelou uma visão deslumbrante - as montanhas cinzentas, antes tempestuosas, agora se erguiam serenas e majestosas contra o céu limpo.

A visão era tão encantadora que ela não pôde conter um sorriso.

A beleza do novo dia, por mais fascinante que fosse, não conseguia aliviar o peso em seu peito ao perceber que era hora de deixar seu homem da montanha e retornar à civilização.

Sentaram-se em silêncio, os únicos sons eram os goles suaves de suas canecas fumegantes de café e o crepitar da lareira.

O vínculo que haviam formado durante a tempestade, tanto físico quanto emocional, agora estava em um momento crucial.

— Eu deveria ir embora. O tempo parece estar bom agora.

"Por favor, peça para eu ficar. Não sei qual seria minha resposta, mas quero que você peça, mesmo assim."

Gable assentiu solenemente enquanto olhava pela janela e desejava silenciosamente por uma nova tempestade.

Estavam repletos de emoções ao contemplar a inevitável separação, seus corações pesados, sabendo que seu vínculo único estava prestes a enfrentar forças externas.

— Você não precisa ir. Fique mais um pouco.

Amelia suspirou, dividida entre o fascínio da cabana na montanha e as responsabilidades que a aguardavam além de suas paredes.

— Eu gostaria de poder, Gable. Mas há uma vida me esperando lá fora.

Seus olhos se encontraram, um reconhecimento silencioso da despedida iminente. As risadas e os momentos compartilhados pairavam no ar, como os ecos de um sonho que ambos desejavam que não terminasse.

Enquanto Gable a acompanhava até o helicóptero, seus passos ecoavam a relutância em seus corações.

Ele falou hesitante, mas não queria que terminasse dessa forma.

— Talvez, talvez eu possa visitar você algum dia. Se estiver tudo bem para você.

Com olhos refletindo uma mistura de tristeza e esperança, ela assentiu entusiasticamente.

— Sim, absolutamente. Eu adoraria. Eu adoraria muito mesmo. — Sua cabeça balançava para cima e para baixo e ela abriu um sorriso radiante.

— Tem certeza de que não tem problema eu levar sua jaqueta? — ela perguntou hesitante.

Ele havia insistido nisso e tinha que admitir que ficava bem nela. Ele também estava encantado porque ela teria algo para se lembrar dele.

Ao vestir a jaqueta pesada e grande demais, seu cheiro de pinheiro e almíscar, lembrando-o, preencheu seus sentidos, fazendo-a abraçá-la firmemente contra o corpo.

Por baixo da jaqueta, ela também tinha se apropriado de uma de suas camisas xadrez, para diversão dele.

Caminharam em uníssono, seus braços fortemente entrelaçados, em direção ao local onde ela havia pousado o helicóptero com segurança.

Parecia ter resistido bem aos elementos e ainda poderia voar pelos ares. Muito em breve, o rugido de seu motor estava pronto para perturbar mais uma vez a quietude das montanhas.

Seus lábios se encontraram em um beijo ardente e apaixonado, deixando-os ofegantes e sedentos por mais.

Ele acariciou os seios dela com as mãos e os massageou suavemente, ficando satisfeito com seus gemidos de prazer.

— Queria poder transar com você mais uma vez — ele sussurrou com urgência em sua voz profunda. Ela quase cedeu, mas conseguiu manter a calma.

— Você só vai ter que vir me ver mais cedo do que tarde. Vou balançar seu mundo novamente — ela disse enquanto colocava a mão dentro da calça jeans dele, agarrando o membro já rígido que tinha pré-gozo nele.

Ela traçou os dedos ao redor da glande para coletar um pouco e levou aos lábios, lambendo como se fosse um doce.

— Promete?

— Ah, eu prometo, homem da montanha.

O calor do abraço persistiu mesmo depois que Amelia decolou, desaparecendo na vasta extensão do céu.

CAPÍTULO 8

O zunido das hélices do helicóptero cortava o ar frio da montanha enquanto Amelia guiava a aeronave para longe do refúgio acidentado que ela havia encontrado por acaso.

A tempestade havia cedido, deixando para trás um céu que se desdobrava como uma tela nova cheia de novas possibilidades.

Sentada na cabine, cercada pela vasta extensão do céu aberto, Amelia refletia sobre a inesperada reviravolta dos acontecimentos.

À medida que as montanhas recuavam abaixo, seus pensamentos dançavam com a lembrança do homem da montanha, cujo charme rústico e calor guardado haviam gradualmente derretido.

Ele emergira das sombras da solidão, tornando-se parte de sua jornada que ela não esperava.

O ritmo das hélices do helicóptero fornecia um

pano de fundo para seus pensamentos, e Amelia repassava os momentos passados na cabana da montanha.

A lareira crepitante, os olhares compartilhados e o calor dos braços dele envolvendo-a naquele abraço aconchegante persistiam em sua mente, sem mencionar o sexo selvagem, vigoroso e intenso que acompanhara tudo aquilo.

A lembrança dele trouxe de volta a sensação de sua barba áspera contra sua buceta molhada e ela apertou as pernas, sentindo a umidade entre elas.

Você realmente vai acabar como Amelia se não se concentrar.

Parecia um capítulo arrancado das páginas de um romance, uma reviravolta inesperada que injetara uma dose de alegria em sua vida até então rotineira.

O motor zumbia constantemente, uma canção de ninar reconfortante que acompanhava seus pensamentos. A promessa de Gable de visitá-la ecoava em sua mente como uma doce melodia, e um sorriso genuíno puxava os cantos de seus lábios.

A perspectiva de vê-lo além do retiro montanhoso a enchia de empolgação.

Ela estava certa de que ele cumpriria sua promessa, sua determinação rústica igualada apenas pelo calor que ela vislumbrara sob seu exterior estoico.

O olhar de Amelia alternava entre os controles à sua frente e a vasta paisagem que se desdobrava abaixo. A realização a atingiu como uma rajada de vento.

Ela tinha certeza de que havia se apaixonado pelo

homem rústico da montanha. Uma onda de felicidade borbulhou dentro dela, trazendo um brilho aos seus olhos que rivalizava com a suave ascensão do sol.

O voo poderia ter tomado um rumo para o pior, com a turbulência, os desafios de navegação, tudo isso.

Transformara-se em uma aventura repleta de momentos inesperados de alegria.

A tempestade, que inicialmente parecia uma força de perturbação, tornara-se um guia essencial, levando-a a uma conexão que ela não sabia que estava buscando.

A cada milha que passava, o coração de Amelia palpitava de antecipação. Ela visualizava um futuro onde seu homem da montanha, com seu charme rústico e coração terno, se tornava um capítulo permanente em sua história.

Enquanto o helicóptero continuava sua jornada de volta para casa, Amelia sentia-se grata pelo capricho do destino que a levara até Gable e pela promessa do que estava por vir.

CAPÍTULO 9

À medida que o som do helicóptero desaparecia, Gable permaneceu na encosta da montanha, sua mente em turbilhão.

A solidão que antes definia sua existência agora parecia mais uma escolha do que uma sentença. Seu breve tempo com Amelia havia mudado sua perspectiva sobre a vida.

A cabana, que antes era um refúgio do mundo exterior, agora ecoava com as memórias de uma conexão que ele nunca esperara, mas que aprendera a valorizar.

No silêncio que se seguiu à tempestade, Gable podia ouvir o farfalhar distante das folhas, como se a natureza sussurrasse sua aprovação para este novo capítulo de sua vida.

A cabana, com seu charme rústico, se transformaria em um refúgio em vez de uma fortaleza.

Seus pensamentos se voltaram para a cidade, para

as pessoas e, especialmente, para Amelia. Talvez, na vasta extensão do mundo além das montanhas, houvesse um lugar para ele entre o fluxo e refluxo da vida.

Ele observava os picos imponentes das montanhas ardendo em tons que variavam do âmbar ao laranja queimado enquanto abraçavam a luz do sol.

O jogo de sombras e luz dançava pelas encostas. Ou seria apenas seu coração? Seus olhos estavam cativados pelos contornos brilhantes e intrincados do terreno.

A visão era verdadeiramente magnífica, e ele sentiu uma profunda sensação de contentamento, sabendo que Amelia também estava observando a mesma vista deslumbrante de sua posição elevada.

A vista de cima era, sem dúvida, ainda mais esplêndida.

A tela da natureza estava inundada de calor, criando um panorama de tirar o fôlego que se desdobrava a cada momento diante de seus olhos.

Ela havia mencionado que uma das razões pelas quais amava voar era a capacidade de testemunhar a magnífica beleza da natureza.

Ele nunca se cansara de observá-la diariamente enquanto tomava seu café da manhã. Sentia falta dela até o âmago de seu ser.

Vamos aproveitar isso juntos em breve, ele prometeu a si mesmo. Ele e Amelia.

Gable estava na encruzilhada entre a solidão e a conexão. Seu coração não estava mais congelado, mas pulsava com a promessa de um futuro ainda por se desdobrar.

Ele sabia que estava apaixonado por Amelia. Ela havia derretido seu coração com rapidez, e ele sabia que não era mais o covarde que havia fugido do amor.

Seu rosto se iluminou com uma alegria indescritível. O ambiente crepitava de energia enquanto ele traçava ansiosamente seus próximos passos.

Um mundo de possibilidades se abria diante dele, um novo lugar para explorar, uma vida melhor para criar e o potencial de um novo amor para acender.

Finalmente, ele estava preparado para o que quer que estivesse por vir.

DOIS ANOS DEPOIS - GABLE
Ao longo de dois anos, Gable passou por uma transformação em sua vida.

A cabana, que antes era um símbolo de solidão e distanciamento nas montanhas, deixou de exercer esse papel.

Foi substituída por uma casa aconchegante, perfeitamente projetada para dois. Aninhada em um bairro acolhedor, com vizinhos, às vezes ele achava difícil acreditar que tinha se isolado por tanto tempo.

A garagem, e uma bem grande, tornou-se uma extensão da casa, pois ele podia continuar sua paixão pela marcenaria.

Um refúgio para ferramentas e madeira, ecoava com a sinfonia rítmica da criação, além de muita poeira.

Nos primeiros meses de sua união, Gable fazia

viagens frequentes das montanhas para o lado de Amelia.

Cada reencontro, fosse rotineiro ou repleto de descobertas, possuía uma magia inexplicável enquanto ela compartilhava seu mundo com ele.

A descoberta de peculiaridades compartilhadas, como colecionar canecas de café de formatos estranhos e únicos.

Sua coleção, antes escondida na cabana, agora estava orgulhosamente exposta na sala de estar, guardada em um armário de vidro.

Dentro de cada caneca, vivia uma história ou uma memória querida, seja de seus passados individuais ou dos momentos que compartilharam como casal.

Em certas ocasiões, servia como representação de uma piada que apenas um seleto grupo de pessoas entendia.

Os itens que colecionavam não se limitavam a canecas de formatos estranhos que encontravam em cafés à beira da estrada durante suas viagens, mas também incluíam designs engraçados que os faziam cair na gargalhada.

Ele sorriu ao se lembrar da favorita deles, uma caneca de cerâmica verde que apelidaram carinhosamente de "cara de beijo".

Eles tinham feito um pedido de café e estavam sentados lado a lado em uma cabine aconchegante, o murmúrio de conversas e o tilintar de xícaras fornecendo uma trilha sonora de fundo reconfortante.

Seu momento íntimo foi momentaneamente interrompido pela chegada do garçom, trazendo duas canecas de café em forma de dois rostos, a caneca e o pires, prestes a trocar um beijo.

Eles as apelidaram carinhosamente de "Cara de beijo" e, é claro, tiveram que comprá-las depois de compartilharem uma boa risada.

Elas ficavam em destaque na prateleira, suas cores vibrantes chamando a atenção de todos os visitantes.

No entanto, ele ficava aliviado que ela mantivesse as mais provocantes escondidas no fundo.

Inicialmente, ele estava apreensivo em deixar a solidão das montanhas pela agitação da vida na cidade, mas a transição pareceu sem esforço, como se fosse destinada a acontecer.

Incrivelmente, ele tinha temido mais a adaptação à cidade do que ficar com Amelia.

Isso veio facilmente para ele e não tinha arrependimentos. Ela era, sem dúvida, a melhor coisa que já lhe acontecera, fazendo cada momento parecer um sonho.

A busca por uma casa, com suas provações e triunfos, tornou-se uma aventura compartilhada.

Eles exploraram vários bairros, desde os subúrbios tranquilos até os agitados condomínios, até encontrarem o lugar ideal para nutrir seu amor crescente.

O apartamento outrora charmoso, mas diminuto, que Amelia inicialmente achava aconchegante, acabou se tornando sufocante à medida que seus sonhos compartilhados se expandiam.

Uma busca paciente e exaustiva os levou a uma casa muito maior que falava não apenas de elegância arquitetônica, mas também da promessa de um futuro que teriam juntos.

As criações de Gable, antes confinadas à cabana na montanha, agora encontravam seu lugar no coração da cidade.

Suas peças feitas sob medida, nascidas do trabalho de amor, ganhavam prestígio a cada golpe de seu cinzel.

Graças às habilidades web de Amelia, seu artesanato ganhou fama internacional, elevando sua oficina antes modesta a um vibrante centro criativo.

Ele frequentemente se reunia com clientes na garagem, mas ultimamente estava considerando abrir um showroom de verdade. Já tinha superado o espaço disponível.

A vida com Amelia era tudo o que ele poderia ter imaginado que o amor verdadeiro pudesse ser.

Apesar de sua disposição inocente, ela se transformava em uma amante feroz, desafiando todas as expectativas.

Amelia encontrava alegria em compartilhar sua paixão por voar com ele, pacientemente guiando-o para seu mundo acima das nuvens.

Embora um medo persistente de pilotar ainda o segurasse, Gable abraçava ansiosamente a chance de se juntar a ela nos céus.

A cada voo, ele descobria uma nova apreciação

pelas vistas de tirar o fôlego e pela liberdade que vinha com voar alto acima da terra.

Os olhos de Amelia se iluminavam enquanto ela explicava a mecânica do voo e a emoção de navegar pela vastidão infinita do céu.

Gable superou suas dúvidas iniciais e medo de pilotar ao encontrar alegria em voar com ela, fortalecendo seu vínculo.

O simples pensamento dela naquele momento, como sempre, fazia seu pau se erguer, e ele suspirou com arrependimento porque ela estava no trabalho naquele instante.

Ele passou a mão pela barba que ela o proibira de raspar sempre que ele tocava no assunto só para provocá-la.

— Essa barba pertence à minha buceta — era sua resposta padrão todas as vezes, e ela dizia com um sorriso malicioso que o agradava.

O outrora rústico homem das montanhas tinha encontrado seu lugar em um mundo que brilhava com o fulgor compartilhado do amor e da satisfação.

EPÍLOGO - AMELIA

 ois anos atrás, minha vida era bastante comum, uma rotina de relacionamentos intermitentes, mas ninguém especial.

A maioria dos meus amigos havia se casado e tinha suas próprias vidas para viver.

Eles compartilhavam as alegrias de experiências em comum, deixando-me continuar explorando o caminho sinuoso da vida de solteira.

Às vezes eu me sentia excluída, mas na maioria das vezes, eu acolhia a solidão.

Encontrava consolo na vastidão do céu, minhas aventuras solo na aviação se tornando um bálsamo para os anseios do meu coração.

Entra em cena Gable, o homem rústico da montanha que remodelaria meu mundo e abalaria meu âmago até o limite.

Desde o momento em que pus os olhos nele, fiquei

intrigada, atraída, e senti que nossa conexão desafiava o mundano.

Seu coração terno e charme rústico haviam ficado escondidos por tanto tempo, mas ele me deixou entrar.

Gable se tornou aquela explosão extra de felicidade que se misturava com meu amor pela vida.

Flores enfeitavam nossa casa porque ele frequentemente me surpreendia com elas, e encontros íntimos e espontâneos eram a norma.

Olhando para seu exterior áspero, ninguém jamais imaginaria o ursinho de pelúcia carinhoso que estava por baixo de tudo aquilo.

Viver com Gable se tornou uma fonte de contentamento, e superei minha relutância inicial em me desfazer do meu pequeno apartamento.

Ele estava certo desde o início. O espaço era apertado, mal cabendo nós dois.

Há algumas semanas, Gable me surpreendeu com o pedido de casamento mais maravilhoso na cabana, um lugar para onde frequentemente fugíamos na maioria dos finais de semana, pois era o verdadeiro coração do nosso mundo compartilhado.

O homem que exalava confiança nas regiões selvagens das montanhas de repente ficou inquieto e nervosamente tropeçou em palavras sinceras.

Sua sensibilidade exposta fez lágrimas brotarem em meus olhos enquanto ele se ajoelhava, seu nervosismo contrastando com a profundidade de seu amor.

O inesperado do pedido, contra o pano de fundo do

charme rústico da cabana, me envolveu da maneira mais bela, e eu fiquei extasiada.

Eu tinha esperado por isso, claro, mas estava contente mesmo sem isso.

Compartilhar a notícia com meus pais trouxe ondas de alegria. Eles ficaram emocionados, e discussões sobre a escolha da data do casamento preencheram nossos dias. Eles conheceram Gable em uma de suas visitas e já o amavam como um filho.

Minha querida amiga Lucy, minha confidente inabalável, aceitou alegremente o papel de madrinha de honra.

Nosso casamento seria uma cerimônia íntima, uma celebração do amor rodeada por família e amigos.

Onde mais senão na vasta extensão da cabana no alto das montanhas trocaríamos nossos votos?

Aquele lugar maravilhoso onde nosso começo miserável havia florescido seria testemunha da união de nossos corações. Não poderíamos querer de outra forma.

Enquanto mergulhávamos de cabeça no planejamento do casamento, a vida tinha outra surpresa reservada.

Hoje, após uma visita ao médico para meu check-up anual, saí com uma notícia surpreendente, mas incrível. Gable, com seu coração terno e a perspectiva de nosso futuro juntos, em breve se tornaria pai.

A felicidade que senti, sabendo que nosso amor

havia criado raízes na criação de uma nova vida, era imensurável.

Mal podia esperar para compartilhar a notícia com ele, para testemunhar o brilho de antecipação e a promessa de uma família crescendo a partir dos fios do nosso amor.

Era bom que já tivéssemos nos mudado para um lugar maior. Só posso imaginar que meu futuro marido esculpiria o berço mais incrível para seu rebento. O pensamento me fez rir, porque eu sabia que era verdade.

Minha vida, que já era muito boa antes, agora estava completa. Mal podia esperar para ver o que a paterni- dade significaria para nós.

Não havia medo algum enquanto meu homem da montanha estivesse ao meu lado.

XOXO

Junte-se à newsletter de Vesta para ficar informado sobre novos lançamentos aqui:

Newsletter

OBRIGADA

Muito obrigado pela sua compra. Eu aprecio muito.

FAÇA O MEU DIA

Se você gostou do livro, você pode deixar uma avaliação na plataforma onde o comprou, especialmente no meu site.

Avaliações são cruciais para autores independentes como eu, que não têm grandes editoras por trás.

Basta procurar pelo link ESCREVER UMA AVALIAÇÃO DO CLIENTE.

Sua avaliação ajudará a expor o livro para outros que também possam gostar dele. Ler suas gentis avaliações ilumina meu dia e me motiva a ser ainda melhor.

Por favor, me diga o que mais gostou sobre este livro.

AMOR E CURA NO CORAÇÃO DAS MONTANHAS

Esta é a história de Alder, um solitário irresistível que encontrou seu santuário nas montanhas de Arelis Springs como um escritor recluso de romances de tirar o fôlego.

Após uma experiência de quase morte na juventude, Alder encontra consolo lá, atraído pela beleza selvagem e pelo abraço curativo das montanhas.

Quando ele vê a curvilínea e vivaz Bethany no casamento de seu melhor amigo, fica imediatamente cativado. Mal sabe ele que seu encontro fatídico virará seu mundo solitário de cabeça para baixo.

Bethany perde uma aposta na despedida de solteira que a

deixa presa em uma cabana na montanha. Alder enfrenta um desafio que nunca imaginou: compartilhar seu espaço sagrado com a garota da cidade, tão teimosa quanto cativante.

Eles se aproximam em meio ao cenário deslumbrante da natureza. De um encontro inesperado a risos compartilhados e paixão, seu vínculo se intensifica a cada dia que passa, e Bethany deve decidir se cumpre os termos da aposta... ou não!

Perfeito para fãs de heróis rústicos, heroínas curvilíneas e amor inesperado, faça de A Paixão do Montanhês sua próxima aventura obrigatória.

Vesta Romero escreve histórias de amor sobre mulheres curvilíneas e os homens que as amam. Ela vive na Espanha com seu marido e um cachorro nascido no Texas. Quando não está escrevendo livros picantes, ela gosta de margaritas e filmes de ação. Ela adoraria ouvir de seus leitores; entre em contato com ela no TikTok, Twitter ou Instagram.

Para ficar atualizado sobre novos lançamentos e promoções especiais, inscreva-se em sua newsletter através do site.

Vestaromero

As histórias de Vesta são curtas, doces e envolventes, com final feliz garantido.

www.ingramcontent.com/pod-product-compliance
Lightning Source LLC
Chambersburg PA
CBHW051821130726
47987CB00003B/1349